도망치는 게 어때서

도망치는 게 어때서

하기 싫은 일을 하지 않을 방법을
모르는 당신에게

고이케 가즈오 지음
전화윤 옮김

INFLUENTIAL
인 플 루 엔 셜

| 일러두기 |

※이 책은 저자의 트위터 계정(@koikekazuo)에서 225편의 글을 엄선하여
일부 표현을 수정한 후 편집한 것이다.

'도망'이라고 말하면 부정적으로 들릴 수 있지만,

'탈출'이라고 생각하면 어떨까.

살면서 탈출은 몇 번이고 필요할 때가 있다.

가끔은 도망치는 것도
도움이 된다

인생의 정답을 알고 그대로 행동할 수 있다면
사는 게 얼마나 쉬울까?
그러나 누군가 내 삶에 일어날
모든 일을 알려준다고 해도,
잘못된 길을 선택하고 마는 것이 인간이다.

인생의 정답을 구한다 한들
그것을 얻을 수 있으리라는 보장은 없다.
오히려 정답을 찾는 동안
잘못된 길을 헤매고 있을 때가 더 많다.

그러나 걱정하지 마라.
엉뚱한 방향으로 아주 먼 곳까지 가버렸더라도
잘못된 길이라는 것을 알았다면 되돌아올 수 있다.

물론 쉬운 일은 아니다.

다만 이제부터는 때때로 도망쳐보자.
때때로 노력하지 않고 쉬어보자.
때때로 생각을 멈추고 잊어보자.

도망치지 않는 것은 분명 멋진 일이지만
살면서 도망치지 않으면 안 될 때가 분명히 있다.

도망친 자신을 질책할 필요는 없다.
당신의 도망은 다시 올바른 방향으로
한 걸음 나아가기 위한 잠깐의 휴식일 뿐이니.

나를 지키는 힘·최소한의 거리를 둔다·나는 타인의 감정 쓰레기통이 아니다·일이 아니라 삶을 선택한다·숨을 곳·억척스레 매달리지 말 것·일이 버겁다면·혼자서 어떻게든 해보려고 하지 않는다·완벽하게 하려고 하지 않는다·매일 전력투구하지 않는다·부질없이 괴로워하지 말기·두려운 사람·마음이 녹스는 이유·도망치는 건 나쁜 일이 아니다·마음이 무너지기 전에·도망치고 나서·쉬어야 할 때를 스스로 아는 것·타인의 말·무례한 사람·쓸데없이 호감을 사려 하지 않는다·미움받으며 살아도 된다·작은 덫에 걸리지 않도록·사소함을 즐기는 여유·영감에 기대지 않는다·젊어서 고생, 노 땡큐·기질대로 사는 법·인생과 맞서야 할 때·불안의 정체·돌아오는 길·말에 지배당하지 않으려면·마음의 안식처·쉬는 시간·가장 최악의 수·마음이 보내는 신호·나를 관찰하는 하루·좋아하지 않는 일은 하지 않는다·나에게 있는 것만으로·악의를 가진 사람을 대하는 자세·엮이지 않는다·험담·다만 홀가분하게·마음에 꾹꾹 눌러 담지 않는다·고민을 해결하는 법·견디기 힘들 때·노력의 방향이 틀리지 않도록

4

부정적인 생각과 말에 휘둘리지 않는 습관

5
후회와 과거, 절망에서 자유로워지는 길

실패는 내가 결정하는 것 • '남 탓'이 아니라 '내 덕분' • 자신에 대한 투자 • 말이 닿지 않는 사람 • 한쪽 방향으로만 기울지 않도록 • 나무블록 쌓기 • 특별한 만남의 하루 • 나는 매일 채워지고 있다 • 인생은 패배를 이해하는 것에서부터 • 성공도 실패도 타인과 똑같이 • 영혼을 느껴보는 경험 • 죽을 때까지 • 무리해서 애쓰지 말아요 • 당신은 가능성이 있는 사람 • 내가 가진 패 • 나 자신을 모욕하지 않는다 • 비뚤어지지 않는다 • 누구의 탓도 아니라면 • 너무 서두르지 말고, 너무 늘어지지 말고 • 나의 롤 모델 • 나로 산다는 것 • 최고의 복수 • 사랑받고 자란 사람 • 보통 사람의 위대함 • 매력 • 차라리 라이벌이 돼라 • 내 마음대로 하는 시간 • 마음에 구멍을 내고 탁한 물을 빼낸다 • 깔끔하게 사는 삶 • 일류와 이류 • 잊어도 괜찮다 • 부끄러움에 집착하지 않는다 • 힘든 일은 이미 '일어난 사건'일 뿐 • 너무 많이 생각하지 않는다 • 변해야 할 때 • 진작 그만둬야 했던 것들 • 두려워하지 않는다 • 시작점과 도착점 • 나이보다 중요한 것 • 노후 • 나이를 두려워하지 않는다 • 답답한 문제를 없애는 법

한 연극 · 만족스러운 선택 · 무언가 하나를 아름답게 만든다 · 진정한 멋 · 친구 · 둘이면 된다 · 나와 다른 것을 바라보는 사람 · 연애와 결혼의 조건 · 돈 때문에 일에 묶이지 않는다 · 쓸모없음의 쓸모 · 바라는 일이 일어나려면 · 햇볕과 그늘 · 좋은 점만으로도 벅차다 · 그렇게까지 세상이 돌아가지 않아도 된다 · 잠들기 전 한마디

1

불안과 고민으로부터

나를 지키는 법

나를 지키는 힘

'나는 내가 지킨다'라고 늘 의식하지 않으면

일이 나쁜 쪽으로 흘러가도 둔감해지기 쉽다.

'누군가 어떻게 해주겠지' 하는 안일한 생각은 버린다.

타인의 '괜찮아'라는 위로에 잠시 기댈 수는 있어도

아무도 나를 끝까지 책임져주지 않는다.

나를 지킬 수 있는 건 나 자신밖에 없다.

결국엔 나를 믿어야 한다.

최소한의 거리를 둔다

삶이 힘들어지는 가장 큰 이유는
'자신감을 잃어서'다.
자신감을 잃은 사람은 위태롭고 약하다.
무엇에든 상처받고 또다시 자신감을 잃고 만다.
주변에 당신의 자신감을 앗아가려는 사람이 있다면
지금 당장 거리를 두자.
당신을 자기 마음대로 휘두르거나
짓밟으려고 하는 사람일 테니.

나는 타인의
감정 쓰레기통이 아니다

자신의 감정을 제어하는 힘이 약한 사람들이 있다.
그들의 감정은 쉽게 전염된다.
부정적인 감정을 제어하지 못하는 사람이 있다면
주저 없이 멀어져라.
그 사람의 감정에 내 감정이 영향받는다.
누군가의 제멋대로인 감정에 휘둘리기에
내 인생은 너무도 소중하다.

일이 아니라
삶을 선택한다

"일은 고르지만 않으면 얼마든지 있다."
젊은이들에게 이렇게 말하는 꼰대들이 있는데
그건 무조건 틀린 말이다.
일을 선택할 권리는 있다.
죽을 때까지 하고 싶지도 않은 일에
몸과 마음을 갈아 넣으라는 건가?
일을 고르는 것은 인생을 선택하는 것이다.

숨을 곳

당신은

이제껏 제대로 된

'피난처'를 만들어놓았는가?

아직 젊은 당신에게 당부하고 싶은데,

도망칠 곳을 만들어놓지 않으면

인생은 정말로 피곤해진다.

정작 괴로워졌을 때는

피난처를 만들 기력도 체력도 없다.

너무 지쳐 움직이지도 못한 채

그 자리에서 돌이 되어버리기 전에,

숨을 곳을 만들어라.

억척스레
매달리지 말 것

누군가에게 무엇을 바랐지만 얻을 수 없었다면
억척스레 매달리지 말아야 한다.
내가 바란 것을 그가 가지고 있지 않았거나
가지고 있었다 해도 줄 수 없는 이유가 있었을 것.
사랑이든, 물건이든, 무엇이든,
인생에는 포기해야 하는 것도 있다.
집착은 관계를 더 꼬이게 만들 뿐이다.

일이 버겁다면

나는 이런 사람이고 이렇게 살아왔다.
다른 사람보다 부족한 구석도 있지만
그 부분은 내가 아닌 누군가에게 맡기면 그만이다.
모든 면에서 다른 사람보다
월등하게 뛰어날 수도, 뛰어날 필요도 없다.

"내가 못하는 일을 당신에게 부탁합니다.
당신이 못하는 일을 내가 맡게 될 수도 있으니까요."

혼자서 어떻게든
해보려고 하지 않는다

다시 해볼 수 있는 기회는 살아 있는 한 다시 온다.
사소한 일부터 큰일까지 그럴 마음만 먹으면
다시 할 수 있다.
똑같은 일을 되풀이할 때도 있겠지만 다시 할 수 있다.
이럴 때 조심해야 하는 건
혼자서 어떻게든 해보려고 하는 마음.
함께 해결해야만 풀리는 일도 있다.
그러니 다시 시작할 때에는
답이 나오지 않는 일에 혼자 끙끙 앓지 않는다.

완벽하게 하려고
하지 않는다

모든 것을 완벽하게 하려는 생각은
애초에 하지 말 것.
노력을 다하겠지만
살아 보니 완벽이란 있을 수 없고,
마음을 편하게 먹고 있으면
뭔가 일이 잘되더라.
오늘도 노력은 하되 마음은 편하게.

매일
전력투구하지 않는다

매일매일 전력투구하며 살다 보면 지쳐버린다.

몸과 마음을 살피며

열정을 쏟기도 하고 쉬어가기도 할 것.

왠지, 나의 오늘이 열정의 날이라면

그럴 땐 달리는 거다.

그럼 어디 한번 달려볼까.

부질없이
괴로워하지 말기

자신에게 주는 삶의 과제는

너무 쉬워도 너무 어려워도 안 된다.

계속 노력하면 언젠가 달성할 수 있는 정도가 좋다.

인생을 부질없이 괴로워하는 사람은

애초에 질문이 틀렸다.

그러니 정답이 나올 리도 없지.

두려운 사람

'두려운 사람'의 존재는 필요하지만

그는 존경하는 동시에 두려운 사람이어야 한다.

쭈뼛거리며 무서워할 뿐인 사람은

당신에게 불필요한 존재다.

두려움을 바탕으로 한 관계가 잘 굴러갈 리 없다.

그럴 땐 잘 도망쳐야 한다.

마음이 녹스는 이유

땡땡이치는 것과 쉬는 것은 다르다.

땡땡이는 게으른 것이고, 휴식은 절대적으로 필요한 것.

언뜻 다른 사람의 눈에는 비슷해 보일지 모르고

스스로 초조해질 때도 있겠지만,

쉬겠다고 결정했다면 일단 푹 쉰다.

그 순간이 땡땡이라면 내가 녹슬어갈 것이고,

휴식이라면 회복되어 갈 것이다.

도망치는 건
나쁜 일이 아니다

이도 저도 다 귀찮아서 모두 놓아버리고
도망치고 싶을 때가 있다.
그럴 때 나는 정말 도망친다.
정말로 짧은 여행을 떠나버린다.
반나절이라도 좋다.
지금 있는 곳에서 도망치는 거다.
그런 다음 다시 일상으로 돌아온다.

"도망치는 건 나쁜 일이 아니에요.
짧은 여행, 추천합니다."

마음이 무너지기 전에

몸의 컨디션은 의사와 상담하며 치료할 수 있지만
마음이 부서졌다면 낫는 데 몇 년의 시간이 걸린다.
아니, 수십 년이 걸릴지도.
마음이 부서질 것 같다면 주저 없이 도망치자.
도망칠 체력과 기력이 남았을 때 훌쩍 도망치자.
무너진 후에 떠나기엔 인생이 너무 변해버렸을 테니까.

도망치고 나서

도망친 다음 살고,
살아난 다음
다시 싸워라.

쉬어야 할 때를
스스로 아는 것

정말로 어떻게 할 수 없을 만큼
몸과 마음이 무너졌는데도,
내가 쉬는 걸 나쁘게 말하는 사람들이 있다.
그들이 나를 책임져주진 않더라.
그들에겐 투정처럼 보일지라도
나 자신에겐 아슬아슬한 상황일 때가 있다.
지금 내 마음의 상태는
나조차도 모를 때가 있지 않은가.
몸과 마음이 소모되지 않도록
나 자신만큼은 어떻게든 지켜내야 한다.

타인의 말

타인의 '괜찮다'라는 말에 의지해서는 안 된다.

상대의 말에 매달려 생각을 멈추지 말고

어디까지나 하나의 의견으로만 듣자.

최종판단은 내 몫이다.

내 인생을 책임지는 건

괜찮다고 말해준 사람이 아니라

결국 나 자신이다.

타인의 말에 잠시 기대기는 쉽다.

하지만 자기 스스로 판단을 내릴 때

삶은 더 가치있어진다.

무례한 사람

'무례한 사람은 상대하지 않는다.'
나는 이런 규칙을 만들었다.
무례한 사람이란 처음부터 나와 알아가려는
노력을 놓아버린 사람이고,
나에게 실례되는 행동을 하면서도
저 혼자 괜찮다고 생각하는 사람이다.
규칙을 정해두지 않으면
어느새 도발에 휘말리거나 상처받는다.

쓸데없이
호감을 사려 하지 않는다

사람을 싫어하는 데에는 두 가지 경우가 있다.
'이유가 있어서 싫다'와 '그냥 싫다'.
이유가 있어서 싫어할 때는 고치면 되지만
그냥 싫다는 말을 들었다면
쓸데없이 호감을 사려고 하지 말자.
아무리 좋은 일을 해도 계속 부정당할 테니까.
어떤 사람이 감정적으로 싫거나
누군가로부터 미움을 받았을 때는
논리는 제쳐두고 적당한 거리를 두는 것이 정답.

미움받으며 살아도 된다

"모두에게 좋은 사람일 필요는 없다."

이 말을 들으면

인간관계의 스트레스가 얼마나 줄어들려나.

같은 사람이라도 어떤 때는 사이가 좋고

어떤 때는 사이가 나쁠 때도 있다.

누구든 그런 거라고 확 털어버리는 거다.

그럼 오늘도 예쁨받으며, 또 미움받으며 살아보자.

작은 덫에
걸리지 않도록

사실은 말이야,

어제 조금
안 좋은 일이 있었는데
곰곰이 생각해보니,

인생 전체를 놓고 봤을 때
큰일은 아니더라고.

어휴, 위험했지 뭐야.
심각해질 뻔했거든!

살다 보면 이런 작은 덫에
걸릴 때가 많으니까

일일이 걸려들지 않도록
조심하자고.

사소함을 즐기는 여유

끝없는 일상이 평생 계속될 것 같은 불안감.

평온한 일상이 언젠가 사라질 것 같은 불안감.

이 상반되는 불안감을 껴안은 채 나는 살고 있다.

그런데 이건, 일상의 사소한 변화를 알아차리고

그걸 즐기는 것밖에 해결책이 없다.

일상의 사소함을 즐길 수 있는 감성과 여유를 가져라.

사는 즐거움이란 게 주변의 작은 변화를

그때그때 느끼고 즐기는 것이 아니겠는가.

영감에 기대지 않는다

앞날이 꽉 막혀 있다는 생각이 들 때

언제 찾아올지 모르는 영감에 기대는 건 그만둬야 한다.

인생이 꽉 막혔다면 영감 따위는 찾아오지 않는다.

그럼 어떻게 해야 할까?

첫째, 일을 바꾼다.

둘째, 사는 곳을 바꾼다.

셋째, 만나는 사람을 바꾼다.

당신에게 주변 환경을 바꿀 기회가 온 것이다.

젊어서 고생,
노 땡큐

고생을 한다고 인간성이 길러지지 않는다.

고생이 사람을 성장시키는 것도 아니다.

불필요한 고생은 하지 않는 편이 낫다.

그러나 고생 없는 인생은 없나니

그 고생을 어떻게 활용할 것인가에 따라

인생의 질이 달라진다.

불필요한 고생으로 자신을 일그러뜨리지 말기를.

기질대로 사는 법

살다 보면 자신의 기질을 알게 된다.

그때가 오면 기질을 거스르는 일을 멈춘다.

약속을 잘 지키지 못한다면

처음부터 약속을 정하지 말고 느긋하게 인연을 만든다.

정리를 잘하지 못한다면

처음부터 물건을 늘리지 않는다.

아무리 애써도 타고난 기질은 잘 바뀌지 않기에,

기질에 자신을 맞추는 게 제일 쉽게 사는 방법이다.

인생과 맞서야 할 때

따돌림을 당한 후 상처를 안고 살아가는 사람들이 있다.
내 지인의 자녀도 삶 자체가 변해버렸단다.
그런 이들의 가장 좋은 복수는
자신을 따돌린 사람보다 행복해지는 것.
당신은 더 이상 아이가 아니다.
이제 인생과 맞설 줄 아는 어른이 돼야 한다.

불안의 정체

어느 미스터리 작가가 이렇게 말했다.

"독자는 반드시 범인을 맞춥니다.

이야기 속 인물들을 모두 한 번씩은 의심하니까요."

이건 우리의 불안에 한해서도 마찬가지다.

쓸데없이 걱정이 많은 사람은

어쩌다 불안이 적중해버리면

"거봐, 불안한 예감은 늘 맞는다니까" 하고 믿어버린다.

하지만 걱정하지 마라.

불안의 90퍼센트는 절대 일어나지 않는다.

불안의 정체는 그런 거다.

돌아오는 길

마음이 완전히 피폐해지기 전에
돌아오라.

돌아오는 길을 알고 있을 때
돌아오라.

말에 지배당하지 않으려면

정작 말을 건넨 당사자는 금세 잊어버릴 법한 일로
자신을 끝없이 속박하고 괴롭히지 말자.
타인의 부정적인 말에 지배당해선 안 된다.
대신 나를 기쁘게 해주는 말을 죽을 때까지 기억하자.

마음의 안식처

마음의 안식처는 항상 나 자신이어야 한다.

그렇지 않으면 마음은 결코 안정되지 못한다.

마음속 안식처를 타인에게서 찾는다면

그 사람에게 휘둘리고 만다.

자신의 구원자는

자기 자신밖에 없다는 각오를 다져야 한다.

그것이 마음의 안정으로 이어지는 길이다.

쉬는 시간

'마음에 병이 있어 약 먹고 잠만 자요'라는
메시지를 받은 적이 있는데,
뭔가 하고 싶다는 생각이 들 때까지 자는 것도 괜찮다.
그러다 보면 자는 것도 질릴 테지.
해야만 한다는 압박감을 가지고 긴 시간을 보내는 건
오히려 몸과 마음을 갉아먹게 한다.
가끔은 '쉬는 시간'을 가져도 괜찮다.

가장 최악의 수

나에게 좋지 않은 일이 일어났을 때
'함부로 울지 않겠다, 소란 떨지 않겠다,
도망가지 않겠다'라고 마음먹었다.
울고불고해봐야 쓸데없는 감정이 뒤섞일 뿐이고
도망쳐도 문제가 사라지는 것은 아니다.
그럴 때야말로 일단 마주해본다.
하지만 그래도 도망치는 것이
최선의 해결책이라고 판단했다면
망설이지 말고 도망친다.
오히려 냉정함을 잃는 것이 가장 최악의 수다.

마음이 보내는 신호

집을 깨끗이 청소하면 누군가 초대하고 싶지 않은가?
멋있는 옷을 사면 누군가 봐줬으면 하지 않은가?
나에게 그 기본 중의 기본이 목욕이다.

정말로 힘들 때는 어떻게든 욕조에 몸을 담근다.
몸이 정갈하고 깨끗해지면
밥을 먹으러 밖에 나갈 마음이 생긴다.
밖으로 나가면 별것 아닌 작은 물건들을 살 수 있고,
사람을 만나는 저항감도 차츰 줄어든다.
나는 사람과 함께하려면 일단 목욕부터 한다.
사람과 연결되는 첫걸음이 목욕인 셈이다.
그렇기에 목욕조차 힘들다는 건
마음의 병이 신호를 보내는 것이다.
나는 그랬다. 당신은 어떠한지.

나를 관찰하는 하루

'나의 변화를 알아차리는 것.'

의외로 어려운 일이다.

아주 조금씩 진행되었다면 깨달았을 때

이미 자신의 힘으로는 어찌할 수 없는 상황일 수 있다.

그렇게 되지 않으려면

자신을 관찰하는 일을 게을리하지 말아야 한다.

무언가를 알아차렸다면

지금 서 있는 궤도를 바로 수정한다.

오늘도 나 자신을 관찰하는 하루가 되길.

좋아하지 않는 일은
하지 않는다

'속박당하지 않는다.'
내 인생 모토다.
학교, 일, 공부, 예를 들자면 얼마든지 있겠지만
좋아하지 않는 일은 하지 않는다.
좋아하는 일이 아니니 노력해봐야
몸에 익지도 않을뿐더러 행복해지지도 않는다.
노력하지 말라는 얘기가 아니다.
당신이 더 자유로워져도 된다는 얘기다.

나에게 있는 것만으로

'나에게 없는 것을 바라지 않는다.'
이걸 받아들이는 것만으로 삶은 아주 편해진다.
노력해서 결과를 얻을 수 있었다면
내 안에 있었던 것을 부지런히 갈고닦았기 때문이다.
그러나 아무리 발버둥을 쳐도 얻을 수 없는 건
어떻게 해볼 방법이 없다고 깔끔하게 포기한다.
자, 그럼 오늘도 나에게 있는 것만으로 산다.

악의를 가진 사람을
대하는 자세

악의를 쏟아내는 사람은 무시해도 된다.

그 사람 때문에 짜증이 나거나 상처받는다면

그거야말로 그 사람이 뜻하는 바다.

악의가 있는 사람에게 선한 당신이 질 리가 없다.

악의가 있는 사람은 이미 자신이 가진

악의의 독으로 괴로워하고 있을 테니까.

엮이지 않는다

'함께하기 힘든 사람'은 인생에 확실히 존재한다.
함께 있을 땐 재미있다가도
마음이 점점 힘들어지거나
손해를 본 기분이 드는 것은 물론,
뒤끝이 개운치 않은 사람은 확실히 존재한다.
그 사람과는 가까이 하지 않는 수밖에 없다.
다가가지 않으면 엮이지 않는다.
설령 그 사람이 가족이나 친구라 해도
마음과 태도에 거리감을 둔다.

험담

'함께하기 힘든 사람'에게서 멀어진 다음에는
그 사람의 험담을 하지 않는다.
여전히 그에게 관심을 둔다는 증거일 뿐이고
아직도 그와 같은 수준에서 벗어나지 못했다는 뜻이니.

다만 홀가분하게

'이런저런 집착을 버리고 홀가분해지고 싶다.'

이렇게 홀가분한 사람이 되겠다고 결심하면

쓸데없는 걱정의 씨앗이 사라지고

기분이 한결 가벼워진다.

포기하는 것과는 다르다.

다만 홀가분하게 있으면 된다.

마음에 꾹꾹
눌러 담지 않는다

마음이 좋지 않을 때는
기분도 좀처럼 나아지지 않는다.
기분 전환을 하고 싶다면
마음속에 고민거리와 불안을 꽉꽉 눌러 채우면 안 된다.
뭔가 즐거운 일, 풍요로운 일, 말랑한 일이
들어갈 공간을 남겨둔다.
그리고 오늘 하루 기분을 잘 바꿔보겠다고 다짐해본다.

고민을 해결하는 법

고민을 해결하는 데에는
물론 그 원인을 없애는 것도 방법이겠지만,
고민을 고민으로 존재하도록 내버려둔 채
다른 즐거운 일들로 충만한 시간을 보내며
그 고민을 희미하게 만들어본다.
내 전부가 그 고민에 지배당하는 것이 아니라
작은 일부라고 생각해본다.
오늘도 고민을 안은 채 즐겁게 살아볼까!

견디기 힘들 때

괴롭거나 지칠 때는
"나 힘들어" 하고 정확히 의사표현을 한다.
"괜찮아?"라는 말에 괜찮지 않은데도
웃으며 "괜찮아, 괜찮아"라고 대답하고는
떠나버리는 사람이 있다.
체면과 자존심이 막을 때도 있겠지만,
정말 견디기 힘들 때는 고민하지 말고 도움을 청한다.
당신의 목소리는 반드시 누군가에게 전해진다.

노력의 방향이
틀리지 않도록

아주 단순한 인생의 결론인데

잘하지 못하는 일은 하지 않아도 된다.

당신이 못하는 일이 누군가에게는 잘하는 일일 테니,

그 누군가에게 맡기면 된다.

노력을 포기하라는 게 아니다.

노력의 방향을 맞추라는 거다.

이 힘든 인생을 조금이라도 편하게 사는 비결이다.

2

있는 그대로의 나를
바라보는 연습

나다움에는 끝이 없다

타인이 말하는 내 이미지에 묶여
나다움에 제한을 두며 사는 것만큼 지루한 인생은 없다.
나답게 사는 모습 자체가 바로 나 자신이다.
다른 사람이 쓴 색안경의 색깔까지
신경 쓰면서 살지 않아도 된다.
그것 때문에 멀어진 사람은
애초에 딱 그 정도밖에 안 되는 사람이었던 거지.

타인의 눈

자기 자신을 믿지 않는 사람들이 있다.
스스로 자신을 믿지 않는 사람을 누가 신뢰할까.
나는 나를 믿는다.
다른 사람의 눈으로 나를 보지 않는다.

나를 위로하는
세 가지

식사, 수면, 휴식.

이 세 가지가 조금씩만 부족해도 몸은 서서히 약해진다.

거기에 스트레스로 마음까지 지쳐버리면,

사랑이 부족한 약한 모습으로 변해버리기 쉽다.

그때마다 나는 '인간은 나약한 생물이로군' 하고

새삼 깨닫는다.

반대로 말하면 자신을 조금씩만 돌봐도

아주 건강한 생활이 가능하다는 뜻.

일단 나부터 신경 쓴다.

귀찮음

내 안에서 '귀찮음'이라는 감정이 넘쳐날 때는
'역시 마음이 약해져 있구나' 하고 생각한다.

여유를 갖겠다는 결심

누구나 '여유가 있는 사람'에게 끌리는 법이다.
힘든 일이 차고 넘치는 삶에서
여유를 잃지 않는 사람은 매력적이다.
어떻게 하면 여유를 가질 수 있냐고?
그런 질문은 하지 말자.
'여유가 있는 사람이 되겠어!'
이렇게 결심만 하면 끝.

그만큼 강하고
친절하게

다른 사람이 나약하다고 느껴진다면
나 스스로 그만큼 약해지면 되고,
다른 사람이 얄밉다고 여겨진다면
내가 그만큼 친절해지면 된다.

내버려둬라

타인의 가치관을 전부 받아들일 필요는 없다.

다만 각자의 가치관이 존재한다는

사실을 부정하지 말 것.

나에게 해를 끼치지 않는다면 내버려둬라.

상처가
성격으로 남기 전에

'아무것도 아닌 일에 상처받는 일'을 멈추자.
세상에는 남에게 상처 주는 걸 즐기는
딱한 사람이 있다.
그런 사람이 생각하는 대로 되지 말라.
둔감해지라는 것이 아니라 강해지라는 말이다.
그의 말을 곧이곧대로 믿고 듣지 말라는 얘기다.
아무것도 아닌 일에 상처받는 것이
자신의 성격으로 굳어지기 전에.

상처로부터
자유로워지는 법

'아무것도 아닌 일에 상처받는 일'을 멈추자.
쉽게 상처받는 데 익숙해지면 좀처럼 낫지 않으니까.
상처받고 마음이 가라앉아 있을 때
문득 나 자신을 돌아보면,
'별일 아니었네' 하고 여겨지는 일이 많다.
스스로를 이유 없이 상처 입히지 않을 만큼의
힘은 가져야지.

세상에 대한 오해

"세상이 그런 걸
허용해줄 리가
없잖아요."
이런 식으로
말하는 사람은
대체로 세상이 곧,
자기 자신인 사람.

개성은
먼저 오지 않는다

정말로 개성 있는 사람은 '개성적'이려고 하지 않는다.

개성 있어 보이려는 것 자체가 개성이 없다는 것.

정말로 개성 있는 사람은

평범하게 있어도 개성이 드러난다.

더 중요한 건 기본을 충분히 몸에 익힐 때

비로소 개성이 나타나기 시작한다는 사실.

개성은 먼저 오는 게 아니다.

편리한 변명

사람과 사람이 친구가 될 때는
서로 어울리며 생기는 번거로움이
당연히 생기기 마련이다.
'나는 아웃사이더라서…'라고 변명하며
귀찮음을 상대에게 떠넘겨서는 친구가 생길 리 없지.
'아웃사이더'라는 편리한 말로
사람과 어울리는 번거로운 일을
남에게 떠넘기지 말 것.

항상
신경 써야 하는 것

'말'과 '태도.'

상대에게 어느 한쪽만 전달되지 않는다.

양쪽 다 필요하다.

단점을 다스리기

내 성격의 단점은 의외로 내가 모른다.
타인을 불쾌하게 만드는 내 성격에도
내 나름의 이유가 있으니까.
그래서 단점은 그냥 두면 점점 나빠진다.
어른의 세계에 들어설수록
일일이 충고해주는 일은 적어지고
사람들은 조용히 멀어져간다.
사람들이 떨어져나가기 시작한다면
자신의 성격을 잘 다스려야 할 때가 온 것이다.

내가 의지할 곳

지칠 때 의지할 만한 사람 또는 물건이 필요하다.
친구일 수도 있고, 동경하는 사람일 수도 있고,
아니면 취미일 수도 있다.
나를 편안하게 해주는 것이라면 뭐든 좋다.
하지만 결국, 내가 편히 의지할 곳은 '나밖에' 없다.
이걸 잊으면 안 된다.

패배자의 한탄

내 경험으로 미루어보면

불안으로 바들바들 떨고 있을 때,

다른 사람을 공격적으로 대하기 쉽다.

머릿속으로 이치만 따지게 되고 변명이 많아진다.

근데 그게 타인의 눈에는

패배자의 한탄이라는 게 너무 잘 보인다.

서로를 위한 삶

다른 사람을 즐겁게 해주기 위해
내 인생이 있는 게 아니다.
스스로 즐기기 위해 내 인생이 있다.
하지만 타인을 즐겁게 하는 일은
나 자신도 즐겁게 만든다.

하지 말아야 할 착각

내가 나 자신을 인정하지 않으면
타인에게 인정받고 싶다는 욕구로 변질된다.
과도하게 타인에게 인정받고 싶어 하는 사람은
타인에게 쉽게 이용당한다.
이용당하고 있다는 걸 인정받았다고 착각한다.
모든 일의 출발점은
나 자신을 인정해주는 것에서부터다.

고민과 타성

고민하는 사람 대부분은

좋은 해결책을 알고 있다.

다만 귀찮으니까 하지 않는 것뿐.

해결책을 알고 있는데도 아무것도 하지 않는 것은

더 이상 고민이라고 부르지 않는다.

그것은 고민이 아니라 '타성.'

지금의 나는
어제의 결과

오늘의 나는

어제의, 지난달의, 작년의, 젊은 시절의,

'결과'라고 생각하며 살고 있다.

힘든 일의, 즐거운 일의, 살아온 날들의,

'답'이 오늘의 나다.

나를
빛나게 해주는 일

나에게 일어나는 어떤 일을
'나에게 상처만 주는 싫은 일'이 아니라
'나를 빛나게 해주는 일'이라고 상상해본다.
살아 있다면 반드시 무언가에
부딪치거나 넘어지는 일이 있기 마련이다.
그것에 일일이 상처받기보다
나를 빛나게 해줄 일이라고 생각하자.
오늘도 나를 빛나게 하는 하루다.

기질

타고난 기질은 쉽게 변하지 않는다.

사람마다 개성이 제각각이니 받아들일 수밖에.

하지만 자신의 기질을 타인에게 강요해서는 안 된다.

푸근한 사람이 있는가 하면 신경질적인 사람도 있다.

나의 개성과 기질을

타인에게 똑같은 수준으로 요구하지 말자.

천성

타고난 성격을 존중하며 사는 것이
가장 행복하게 사는 조건이라고 생각한다.
느긋한 사람, 인색한 사람, 평온한 사람, 드센 사람….
서로 존중하며 살아가고 있다.
내가 잘하는 일로 다른 사람을 돕고
부족한 부분은 도움을 받는다.
오늘도 나의 천성을 소중히 여겨본다.

인생의 터닝포인트

살다 보면 반드시 터닝포인트가 되는
사람과 사건을 만나게 된다.
사소한 일부터 심각한 일까지
나의 한계를 돌파해주는 사람과 사건을 만나게 된다.
이 터닝포인트를 넘어선 다음에야
누군가의 돌파구가 되어줄 '나'로 성장할 수 있다.

열정은 한때의 일

처음 만났을 때의 열정은 차차 식어간다.

대신 언제까지나 함께 있어도 질리지 않을 것 같은,

이 사람을 잃고 싶지 않다는 감정으로 승화된다.

오래 이어진 관계란 그런 느낌이다.

열정은 한때,

나머지는 상대에게 품은 존경으로 지속되는 것.

좋아하는 것을 마음껏

무언가를 하든 하지 않든,

성공했든 하지 못했든,

친절하든 얄밉든,

소수파든 다수파든,

여자든 남자든,

아이든 어른이든,

어떤 사람이든 꼬 —— 옥 한 명씩

뭐라고 하는 사람은 있기 마련이다.

그러니 자기가 좋아하는 일을 마음껏 하면 그만이다.

다른 사람을 위해서 사는 인생이 아니니까.

나의 한계

한계는 천천히 오기보다 어느 날 갑자기 들이닥친다.

천천히 오는 동안에는 괴로워도

그나마 다른 길로 돌아가거나 멈춰 설 수 있지만,

어떤 때는 어제까지 괜찮다가

오늘이 바로 한계일 때가 있다.

그때는 몸과 마음 모두를 소진해버린 후다.

언제나 묵묵히 버티기만 할 게 아니라

가끔씩 뒤돌아 나를 살펴야 한다.

나의 한계를 알아야 한다.

3

사람과 사람 사이에서
안전거리 유지하기

지루한 사람과
얽히지 않는다

인간관계의 불편함은

결국, 지루한 사람과 얽혀버린 것에 대한 불쾌감이다.

인생에 주어진 시간은 유한하기에

나는 지루한 사람과 얼마나 어울리지 않을지,

어울리더라도 어떻게 기분을 전환할지 늘 생각한다.

사람과 어떻게 엮이는지도 중요하지만

사람과 어떻게 엮이지 않을지는 더 중요하니까.

비굴해지지 말고
어디까지나 대등하게

인간관계에 대한 고민은 많았지만
살면서 깨달은 답은 의외로 단순했다.
자신을 호의로 대하는 이에게
사람은 누구나 호의를 품는다.
그러니 내가 상대에게 호의를 품으면
상대도 나에게 호의를 품을 수밖에.
조심해야 할 건 상대의 호의를 바라더라도
비굴해지지 말고 어디까지나 대등하게.

관계가
어렵지 않은 이유

사람과 만나는 일을 너무 어렵게 생각하지 말라.
관계의 키워드는 '존경'이다.
존경할 수 있는, 좋아하는 사람에게는
가급적 자주 좋아한다고 말해주자.
그렇다고 존경할 수 없는, 싫어하는 사람에게
"당신이 싫어요"라고 선언할 필요는 없다.
침묵도 배워야 하는 사교술 중 하나니.

사람과 사람 사이의
거리감

내 나이가 되면 그리운 마음이 쌓여도
이제는 볼 수 없게 된 사람들이 꽤 많다.
그러니 괜한 자존심을 세우지 말고
보고 싶은 사람에게는 보고 싶다고,
호감이 있는 사람에게는 좋아한다고,
솔직하게 행동하자.

어쨌든 사람과 만나야 무슨 일이든 시작된다.
결국 중요한 건, 사람과 사람 사이의 거리감이겠지.

상대방이 뻔뻔하게 선을 밟고 들어온다면
내가 먼저 한 걸음 물러나고,
상대방이 애매하게 자신 없는 듯 멈칫한다면
내가 먼저 한 걸음 다가간다.

자신을 의심함으로써
좋아지는 것들

나이가 들면서 각별히 조심하고 있는데
누군가와 얘기를 하다가
'음? 이상한데?' 하고 느껴지면,
상대방이 이상한 게 아니라 내가 이상한 게 아닐까 하고
일단 한 호흡 쉬어본다.
상대방이 이상했던 경우도 있지만
내 생각이 부족했을 때도 제법 있었다.
한 번쯤 '나 자신을 의심해볼' 필요도 있지 않을까.

나를 의심해보니 수면 부족이었다든가,
배가 고파서 짜증이 났었다든가,
서로 싸우고 난 후의 감정을 떨쳐버리지 못했다든가,
컨디션이 안 좋았었다든가,
서로 의견을 말하기 전부터 문제가 있었을 수도.

감정이 흔들리는 이유는
아주 단순하다는 것을 실감하게 된다.
화가 날 것 같을 때는 각별히 더 조심한다.

'기다리는 사람'에서
'행동하는 사람'으로

세상에는 '기다리는 사람'과 '행동하는 사람'이 있다.
둘 중에는 압도적으로 기다리는 사람이 많다.
'친구하자고 먼저 말해주진 않을까?'
'좋아한다고 먼저 고백해주진 않을까?'
이렇게 기다리기보다 이렇게 먼저 말할 줄 아는
'행동하는 사람'이 훨씬 좋다.

당신이 기다리는 사람이라면
이번만은 행동하는 사람이 되어보자.
당신을 둘러싼 세상이 바뀌기 시작한다.

079

정신적으로
지친 사람에게

정신적으로
지쳐 있는 사람들을
나는 마음으로부터
존경한다.

그들은 매 순간순간
마음에 평안을 찾고자
노력하는 사람들이다.

모두 각자의 사정을 안고 있는 사람들이다.

부모의 간섭 때문일 수도 있고,
자신의 병 때문일 수도 있고,
주변으로부터
고립된 상태일 수도 있다.

그래도 애먼 사람들에게
화풀이하지 않고
평온해지려는 그들을 향해
나는 존경을 보낸다.

싫어하는 사람을
생각하지 않는다

무언가를 표현하고자 할 때
'분명 이렇게 반대하겠지'라고 먼저 상상한 후
그에 맞춘 변명을 내 생각에 투영한다면,
그 시점에서 그것은 이미 나만의 표현이 아니다.
창작하는 사람으로서 가장 두려운 일은
내 표현을 좋아해주는 사람이 생기는 것보다
나를 싫어하는 사람의 존재를 줄곧 떠올리는 일이
습관이 되어버리는 것이다.

좋아하는 사람을
생각한다

나를 좋아해주는 사람보다도

나를 싫어하는 사람의 존재를

지나치게 신경 쓰는 습관이 생기면,

인생에 있어 너무 큰 손해다.

싫어하는 사람을 생각하기보다

좋아하는 사람을 생각하자.

잃어버린 것을 한탄하기보다

지금 가지고 있는 것을 소중히 여기자.

못하겠다는 변명을 꼽아보기보다

할 수 있는 일을 헤아려보자.

그러다 보면 삶의 괴로움을 생각하기보다

지금 살아 있다는 사실에 행복하게 된다.

이렇게 생각하는 습관을 들이면 당신의 세상이 바뀐다.

말은 복잡하지 않게

'말을 곱게 하면 인간관계도 고와진다.'

내가 생각하는 경구쳐이.

심지어 아주 단순한 인간관계의 결론이다.

또 이렇게 결론 내릴 수 있다.

말이 복잡해진다는 건 그 사람과의 관계도

어지럽게 얽혀져 있다는 뜻이다.

겉모습의 중요성

겉모습은 내면의 가장 바깥이고
말은 마음의 가장 바깥이므로,
겉모습과 말투로
사람을 판단하는 것은 틀린 게 아니다.

가장 소중한 사람에게는

가장 소중한 사람은 가장 가까이 있고
함께 있는 시간이 가장 길기 때문에
해서는 안 되는 말을 가장 많이 해버린다.
가장 소중한 사람에게는
가장 소중한 말을 가장 많이.

스스로
결정해야 하는 일

내가 좋아하는 사람을 누군가 나쁘게 말한다.

내가 싫어하는 사람을 누군가 칭찬한다.

그런 일로 오락가락하는 나는 한심하다.

사람을 좋아하는 일 정도는,

사람을 싫어하는 일 정도는,

스스로 결정한다.

지나친 기대에
부응하지 않는다

사람을 좋아하게 된다는 건

그 사람에게 기대하게 된다는 것.

가능하면 상대의 기대에 부응하고 싶지만

내 인생은 다른 사람의 기대에

맞춰주기 위해 존재하는 것이 아니다.

사람에 대한 기대가 너무 큰 사람은 조심해야 한다.

멋대로 기대하고, 멋대로 실망하고,

멋대로 싫어하고, 멋대로 떠나버린다.

보고 싶은 사람

보고 싶지만
보지 않는 편이 나은 사람도 있다.
봐서는 안 될 사람도 있다.
애달프지만.

증오하지 않는다

누구나 싫어하는 사람과 좋아하는 사람이 있다.

그러나 싫어하는 사람에 대해

반복적으로 말하는 사람은 조심해야 한다.

그건 이미 '싫음'이 아니라 '증오'니까.

증오라는 부정적인 감정은 쉽게 전염된다.

싫어하는 사람을 좋아할 수는 없지만,

증오할 만큼 싫어해서는 안 된다.

나 자신을 위해서라도.

결국 마음가짐

나를 싫어하는 사람에게 나의 어떤 점이 싫은지
구체적으로 한 가지만 답해달라고 하자.

내가 그 한 가지를 고쳤다고 하더라도
또 하나, 그다음에도 또 하나,
분명 싫어하는 점을 다시 지적받을 것이다.

'감정적으로 싫어한다'라는 건 그런 것이다.

그러나 나는 그 사람의 노예가 아니므로
그가 바라는 사람이 될 필요가 없다.

나는 나 자신이면 된다.

몰려다니지 않는다

친구를 만들어라.

그러나 몰려다니지 마라.

친구를 만들지 못하는 이들이

친한 사이인 척 몰려다니는 광경을 자주 본다.

친구는 의견과 개성이 달라도 함께할 수 있지만,

몰려다니기만 하는 이들은

별것 아닌 일로 다투고 멀어진다.

단기간의 관계밖에 맺지 못한다.

공통의 적을 만들어 그저 잠깐 몰려다닐 뿐.

진짜 친구가 아니기에

관계를 유지하는 노력이 불가능하다.

상대의 행복을 바랄 수 있다면 그게 진정 친구겠지.

내가 있을 곳

'여긴 내가 있을 곳이 아니야'라고
느껴지는 장소가 있다.
그곳에 있을 때는 쉽게 지치고
시간이 지나도 이상하게 피로만 쌓인다.
아주 매력적인 장소로 보이더라도
그곳은 내가 있을 곳이 아니라는 뜻이겠지.
내가 있을 곳을 발견하는 것은 아주 중요한 일이다.
뿌리 없는 풀은 자유로워 보여도 외롭거든.

고독과
고립의 차이

고독한 시간은 필요하지만

누군가와 함께하는 시간은 더 필요하다.

함께할 누군가가 많아진다면

앞으로 괜찮아질 문제도 많아진다.

도움받을 수 있는 상대가 있고,

투정을 부릴 수 있는 상대가 있고,

불평을 들어줄 수 있는 상대가 있다면,

고립될 가능성은 줄어든다.

고독과 고립은 다르다.

부탁 잘하는 법

타인에게 제안이나 부탁을 할 때
주의해야 할 것이 있다.
바로 그 사람의 루틴을 흐트러뜨리지 않는
타이밍에 말을 건넬 것.
정해진 루틴이 방해받는 건 의외로 짜증 나는 일이다.
상대의 루틴을 방해하지 않는다면,
상대가 당신의 부탁을 들어줄 확률은 높아진다.
인간관계에 있어 사소하지만 아주 효과적인 팁.

함부로
단정짓지 않을 것

내가 좋아하는 사람한테도
'어라?' 싶은 단점이 있는가 하면,
내가 싫어하는 사람한테도
'오호?' 싶은 장점이 있기 마련이다.
내가 생각했던 틀에 꼭 맞는 사람은 없다.
내가 본 일부가 그 사람을 대표하지 않는다.
오늘도 사람에게 너무 기대하지도
너무 실망하지도 말기를.

생각의 차이

자신과 다른 의견을 가진 사람을 '적'으로 분류하고
공격하는 사람을 나는 좀처럼 이해하기 힘들다.
어떤 일에 대한 시선이 다를 수도 있는데
그 사람의 속성과 성격, 출신까지 거슬러 올라
머리가 나쁘다는 등 무자비한 인신공격을 한다.
의견이 다른 사람은 적이 아니다.
단지 의견이 다른 사람일 뿐.
단지 그럴 뿐이다.

무안을 주지 않는다

요즘엔 사람들에게 무안을 주는 풍조가 지나치다.
신문에서도, 텔레비전에서도, 인터넷에서도,
모든 매체에서 늘 사람에게 면박을 준다.
'타인에게 창피를 주지 않는다.'
'타인에게 무안을 주는 일로부터 멀어진다.'
이렇게 마음속에 규칙을 정해놓고 사는 것만으로도
생활은 한결 아름다워진다.

상대의
관심을 끌기 위해서

인터넷에 이런 제목의 기사들이 있던데,

〈인기남이 되는 ○○〉

〈미움받지 않기 위한 ○○〉

말하자면 결국엔

'상대방의 관심을 끌고 싶다'라는 얘기 아니겠는가.

그런데 그 답은 이미 나에게 있다.

나는 어떤 사람에게 관심이 있었나 하고

곰곰이 생각해보면 그만인 문제.

따돌리면 안 된다는
규칙

결국 따돌림이란 따돌리는 이가 나쁘다든가,
따돌림을 당하는 이에게도 잘못이 있다든가,
이렇게 저렇게 말해봐야 전혀 해결되지 않는다.

'다수에 속한 사람들과 다르다고 해도,
그것이 결코 따돌림을 정당화할 수 없다.'

이렇게 규칙을 정하고 아이들에게 이해시키는 것이
가장 효과적이지 않을까.

시커먼 마음을
솔직하게

'그 사람 부럽다' 하고
솔직하게 표현하지 못했던 감정은
이내 시커먼 마음으로 바뀐다.
'아, 나도 저렇게 되면 좋겠다' 하고
솔직하게 인정할 수 있게 되면
멋진 그 사람에게 한 걸음 다가간 거다.

사람들의 '척'을
받아들인다

젊을 적에는 '척'하는 사람이 싫었다.

친절한 척, 똑똑한 척, 강한 척.

위선이라고 생각했다.

그들을 선반 위에 올려놓고 그렇게 생각했다.

지금은 아니다.

그들은 친절하려고, 똑똑하려고, 강해지려고,

매 순간 노력한 사람들이었다.

타인의 '척'을 받아들이는 때가

나의 위선을 용서할 수 있는 때다.

어른이 되어도 받는
상처

학교를 다닐 때,

"선생님 이름, 여자 같아요!" 하고

할아버지 선생님을 시끄럽게 놀려대며 까불었더니,

"어른이라고 상처받지 않는 건 아니야"라는

단호한 말투로 혼이 났던 기억이 있다.

여든을 넘은 지금은 잘 알고 있다.

어른이 되어도, 노인이 되어도,

상처는 받는다. 아이들처럼.

강한 척을 잘하게 되었을 뿐이지.

그래도 괜찮다고
안아주는 마음

'타인에게 들키고 싶지 않은' 일은 누구에게나 있겠지만,

뭐 대체로 들키고 만다.

들켰지만 그걸 굳이 지적하지 않는 다정함과

그래도 괜찮다고 안아주는 마음이 있다면 괜찮다.

'누구나 다 그렇다, 누구나 다' 하고.

타인에 대해 결벽증을 갖지 않도록.

인생의 전제

살다 보면 내 일조차
생각대로 풀리지 않는 경우가 많지 않은가.
그런데 하물며 타인의 일을
내 생각대로 하는 게 가능할 리 없지.
나는 이 전제 아래 사람들과 만나고 있다.
결국, 더 친밀한 인간관계를 유지하기 위해서는
내가 깨닫고 반성하고 행동으로 옮기는 법밖에 없다.
이것이 내가 내린 인생의 결론.

반면교사

우리는 태어나서 지금까지 줄곧

누군가의 영향을 받으며 살아가고 있다.

그렇기에 누구의 영향을 받으며 살아갈지

매 순간순간 결정해야 한다.

영향을 받고 싶지 않은 사람과 함께 있어야 한다면,

그 시간을 반면교사로 삼으면 된다.

좋은 영향을 주는 사람으로부터는

의욕적으로 배우면 된다.

기억하자.

나의 의지와 타인에게서 받는 영향으로

'나'라는 사람이 결정된다.

4

부정적인 생각과 말에
휘둘리지 않는 습관

허둥대지 않는다

'허둥대지 않겠다'라고 나와 약속한다.
무슨 일이 일어날 때마다 허둥대서는
마음이 안정될 수 없다.
허둥대면 판단을 그르칠 뿐이다.
조금 늦어도 괜찮다.
더디더라도 방향이 맞다면 어떻게든 잘될 테니까.
그것만으로도 인생은 덜 두려워진다.

나에게
주어진 역할

역할을 결론 짓지 않는 건 중요하다.

자신의 역할을 제한하고

그 기준에 칭칭 얽매여 괴로워하는 사람들이 많다.

어떤 때는 도와주는 사람이지만

어떤 때는 도움 받는 사람.

어떤 때는 가르쳐주는 사람이지만

어떤 때는 배우는 사람.

어떤 때는 엄격한 사람이지만

어떤 때는 어리광을 부리고픈 사람.

그렇게 나의 역할은 자유로울수록 더 좋다.

어떻게 해도
되지 않는 일

살다 보면 '어떻게 해도 되지 않는 일'이 분명히 있다.

어떻게 해도 되지 않는 일은

온 마음을 쏟아도 방도가 없다.

그럴 땐 일단 '어떻게든 되는 일'에 집중한다.

어떻게든 되는 일을 계속하다 보면

어떻게도 되지 않던 일이 어떻게든 되게 된다.

나는 '지금' 할 수 있는 일을 '오늘' 어떻게든 한다.

불안을 가져오는
틈새

가만히 고민하는 일은 아주 중요하지만

생각해봐야 별 수가 없는 일을,

나는 오래 생각하지 않는다.

지나친 생각은 괜한 불안을 가져오니까.

실제로 일어나지 않은 불안한 일 때문에

나를 옥죄는 건 이제 그만이다.

오늘은 적당히 생각하고 적당히 고민해서

불안을 가져오는 틈새가 없는 하루를 보낸다.

낙관적일 때
생각을 멈춘다

때론 생각하는 것을 멈출 때 결론이 나오기도 한다.

그래서 나는 정신적으로 힘들 때

조금이라도 낙관적인 기분이 들게 하는 것이 떠오르면,

하던 생각을 멈추고 우선 그것을 결론으로 삼는다.

이 비법을 익히면 하루가 굉장히 편해진다.

긴장을 풀면
생기는 일

'느슨한 상태로 사는 것.'

길고 긴 삶을 살아내기 위한 중요한 요령이다.

괴로운 일, 힘든 일, 귀찮은 일이야 당연히 많지만

긴장을 풀며 살겠다고 마음을 정하면

가슴이 한결 홀가분해진다.

짜증, 초조, 걱정만으로 살기에 인생은 너무 길다.

긴장을 풀면 사람은 더 단단해진다.

주어는 작게

무언가 발언을 할 때는 주어가 작은 편이 낫다.

'사회는, 미디어는, 정치가들은 ….'

이렇게 모든 것을 한데 묶어버리면 주어가 너무 커진다.

'나'는 우리가 아니고, 누군가의 대표도 아니고,

타인의 의견을 대변하는 사람도 아니다.

주어를 크게 말하는 사람의 발언은 유의해야 한다.

모순된 채로 산다

종종 '말씀과 모순이 있으시네요'라며
빈정거리는 메시지를 받는데 당연한 것 아닌가!
좋아하는 사람과 싫어하는 사람을
똑같은 태도로 대할 필요성이 어디에 있는가?
'모순된 채로 사는' 건 마땅한 일이다.
사람을 대할 때 모순에 집착하지 말 것.

스트레스에 효과적인 방법

스트레스를 받을 때
효과적인 해결법으로 두 가지가 있다.

첫째, 사람들과 만나 털어버린다!

둘째, 나 혼자 틀어박혀 고독을 즐긴다.

둘 다 좋은 약이지만
어느 한쪽만 계속 고집한다면
심각한 부작용이 생긴다.

잘 골라서 사용하시길.

부정적인 감정이 들 때

힘든 일, 짜증 나는 일, 싫은 일이 있을 때
그럼에도 절대 해서는 안 되는 일을 정해둔다.
예를 들어, 과음을 하거나 누군가를 공격하는 등
자기혐오에 빠지게 할 만한 일들은 따로 정해둔다.
대신 부정적인 감정이 치밀어오를 때
'이것을 한다!' 하고 긍정적인 일들도 따로 정해둔다.
나는 청소를 하거나 보고 싶은 사람을 만나기로 정했다.

하루에 한 가지씩

그간 경험한 것들을 바탕으로

'이건 좋은 거야' 하고 판단할 수 있는 기쁨.

반대로 '앗! 이거 정말 좋은데?' 하고

공부를 통해 새로운 지식을 얻는 기쁨.

어느 쪽이든 지식이 깊어지는 것은 즐거운 일이다.

나는 하루에 한 가지씩 배우기로 정해놓았다.

십 년이 지나면 3,650개의 지식이 쌓인다.

오늘도 또 하나의 배움을 얻는다.

자각하기

여러 가지 것들을 알면 알수록 공부하면 할수록
'나는 아무것도 몰랐었구나' 하고 자각할 수 있다.
내 세계가 넓어지면 넓어질수록
'나의 세계는 좁았었구나' 하고 자각할 수 있다.

분노는 남겨둔다

분노는 중요한 때를 위해 남겨두는 것이다.

항상 화가 나 있는 사람은

진심으로 화를 내야만 하는 순간에도

'아, 또 시작이네' 하고 쉽게 오인 받는다.

반면, 화를 잘 내지 않는 사람의 분노는

항상 화가 나 있는 사람의 것보다

몇십 배, 몇백 배의 위력을 가진다.

이상한 기대는
져버린다

타인 :
그런 사람 아닌 줄 알았는데.

나 :
네가 어떤 색안경을 쓰고
생각하는지 내가 알게 뭐람.

인생, 대체로 이런 느낌이다.

누군가로부터 이상한 기대를 받으면

시원하게 져버리고 내 갈 길을 간다.

정직함도 상처가 될
때가 있다

거짓말을 적게 하는 사람은

가볍고 쉬운 삶을 살 수 있긴 하지만,

바보같이 솔직한 것도 때로 사람을 상처 입힌다.

솔직해지고 싶어도 그 위에 '바보'가 붙으면 안 된다.

내가 정직한 사람이라는 이름의 가해자가 될 수 있다.

누군가에게 상처를 주지 않기 위해

'바보'가 아닌 침묵을 선택하는 방법도 있다.

피해망상에
사로잡히지 않기

'이제 피해망상에 사로잡히지 않겠어.'

인생을 사는 데 아주 중요한 결심이다.

손해를 입은 후 그 일과 맞서 싸워야 할 때도 있는데,

망상의 영역에만 머물러 있는 사람들이 많은 것 같다.

피해는 운명이지만,

피해와 싸우는 것은 운명을 개척하는 일이다.

피해 '망상'에 사로잡혀 운명에 굴복해서는 안 된다.

우울한 나에게
들려주고 싶은 말

"일단 이불에서 나가라.
세수하고 이 닦고,
몸가짐을 단정하게 해라.
밖에 나갈 수 없어도
아무도 만날 수 없더라도."

밑바닥의 희망

"더 이상 나쁜 일이 일어나지 않게 해주세요."

지금 이렇게 기도할 수 있는 사람은

사실 괜찮은 것이다.

지금이 밑바닥이니까

이제 올라갈 일만 남았다.

세상이 힘들 때

현실도피도 가끔 필요할 때가 있다.
'이 힘든 현실만 바라보며
살 수는 없지 않나' 하고 생각한다.
살아 있는 한 현실에서 벗어날 수 없으니
잠시 도망갈 수 있다면 오히려 그렇게 해야지.
거기서 마음을 새롭게 다잡고
다시 현실과 싸우면 되는 것.

내가 정한 속도대로

매일매일 정신없이 바쁘지만
내 속도대로 사는 건 아주 중요한 일이다.
상대의 속도에 맞춰야 할 때도 있지만
인생의 기본은 '마이 페이스(My pace)'다.
마이 페이스야말로 삶과 업무의 질을 가장 좋게 만든다.
나는 오늘도 내 시간 안에서, 내 속도로 노력한다.

좋은 컨디션을
유지하는 법

컨디션이 안 좋을 때 제대로 쉬는 것이 '컨디션 관리'다.
"컨디션 관리가 잘되지 않으니까
쉬어도 쉬는 게 아니라고!"
몇 번이나 말해야 이 세상은 알아들을까?

유명한 도박사의 명언

"테이블을 둘러보라.

만약 먹잇감이 보이지 않는다면 자리를 떠나라.

바로 네가 먹잇감이다."

'2·6·2'의 법칙

나는 인간관계에서 '2·6·2'의 법칙을 지키려 한다.

무슨 일이 있어도 내 편이 20퍼센트,

무슨 일이 있어도 내 적이 20퍼센트,

때와 장소에 따라 어느 쪽으로도

바뀔 수 있는 사람을 60퍼센트로 유지하려 한다.

여기서 중요한 건,

20퍼센트의 적과 서로 이해하려는 헛수고는 하지 말 것.

'인간이라는 점 외에는 아무런 공통점이 없다'라고

딱 선을 그을 것.

삶은 습관이다

도망쳐도 괜찮다.

그게 습관이 되지만 않는다면.

포기해도 괜찮다.

그게 습관이 되지만 않는다면.

거짓말을 해도 괜찮다.

그게 습관이 되지만 않는다면.

'습관'은 무섭다.

좋은 것을 계속 습관으로 만들자.

삶은 습관으로 결정된다.

어른의 정의

'사람에게 상처를 줄 때도 있고 상처를 받을 때도 있다.'

나는 이것을 이해하는 사람을 어른이라고 정의한다.

'사람을 용서할 수 있고 사람에게 용서받을 수 있다.'

나는 이것을 이해하는 사람도 어른이라고 정의한다.

5

후회와 과거, 절망에서
자유로워지는 길

실패는 내가
결정하는 것

살면서 가장 후회되는 것이 있다면

선택의 순간, 스스로 결정을 내리지 않았던 일들이다.

실패하더라도 내가 결정한 일의 실패는 납득할 수 있다.

오히려 실패의 책임을 남에게 돌릴 때

최악의 결과를 맞이했다.

스스로 자신을 돌아보고 실패를 받아들인다면

다음 단계로 나아갈 수 있지만,

실패를 다른 사람의 탓으로 돌린다면

결코, 다음 단계로 나아갈 수 없다.

나의 실패는 모두 나의 결정이다.

'남 탓'이 아니라
'내 덕분'

'남 탓'으로 돌리며 살아가는 건
그럴듯해 보여도 사실 쉽지가 않다.
일이 잘 풀리지 않으면 역시나 마음 한구석에서
누군가를 나쁜 사람 취급하고 있다.
하지만 그런 생각을 멈추면 가슴이 홀가분해진다.
마음을 깨끗이 씻어낸 듯한 느낌이 든다.
오늘은 '남 탓'이 아니라
'내 덕분'이라고 생각하며 살아본다.

자신에 대한 투자

사람은 결국 자기 안에 있는 것에만 반응한다.

'자신에 대한 투자'를 게을리하면

자연히 자신의 세계는 좁아진다.

그 좁은 세계가 마치 '세상의 전부'라고 착각하고

세상이 지루하다며 제멋대로 정해버린다.

초록은 동색이라 세계는 점점 좁아질 수밖에 없다.

자신에 대한 투자라는 건

돈이 들 때도 있지만 돈이 들지 않을 때도 많다.

말이 닿지 않는 사람

대화를 할 때 사람은

자기 안에 있는 생각만으로 반응한다.

그렇기에 그가 반응한 말이 지금 그의 수준이다.

말이란 닿을 사람에겐 가닿는 것이니

닿지 않는 사람에게 전하려 무리하게 애쓰지 말자.

물론, 내 말이 닿았으면 하는 사람은 있을 수 있겠지.

간혹 내가 뱉은 말 그대로가 아니라

받아들이는 사람에 따라 말이 변하기도 하지만,

그걸로 충분하다.

한쪽 방향으로만
기울지 않도록

나는 돕는 사람이자 도움을 받는 사람이다.

나는 사랑하는 사람이자 사랑받는 사람이다.

나는 표현하는 사람이자 표현을 받아들이는 사람이다.

인간은 저울처럼 왔다 갔다 하며

끝없이 흔들리기 마련이다.

하지만 축이 튼튼하다면 괜찮다.

실수하더라도 어느 한쪽으로만

기울지 않도록 노력한다면 괜찮다.

나무블록 쌓기

나무블록을 높이 쌓아 올리는 놀이는

인생을 쌓아 올리는 일과 닮았다.

그저 태평하게 쌓아 올리기만 하면

언젠가 균형을 잃고 와르르 무너진다.

뭐라도 기둥에 기댄 채 쌓아야 무너지지 않는다.

인생에서 그 기둥은 타인일 수 있겠지.

특별한 만남의 하루

지금 당신이 소중하게 생각하는 사람과
처음 우연히 만난 날이 있겠지.
당신의 평생 반려자, 친구, 라이벌과도
처음 만난 하루가 있었을 테고.
어쩌면 오늘이 바로
새롭고 소중한 사람을 만날 날일지도 모른다.
아직 만나지 않은, 하지만 결국 만나야 할 사람과
오늘 만날지도 모른다고 생각하면 설레지 않은가.

판에 박힌 듯한 매일매일의 일상 속에
굉장한 하루가 있는 것이다.
누구와 만나느냐에 따라 인생은 달라진다.
'특별한 만남의 하루'를 놓치지 않기를.

나는 매일
채워지고 있다

나에게는
부족한 점이 많다.
하지만 확실히
다른 것들로
채워지고 있다.
틀림없이.

인생은
패배를 이해하는 것에서부터

'승리-승리-승리', '성공-성공-성공'의 인생은 없다.

승리와 성공을 이해하는 것은 쉽지만

인생은 패배를 이해하는 것에서부터다.

패배를 받아들이지 못하면

다음 걸음을 내딛지 못한다.

져도 괜찮다. 다음에 이기면 되니까.

성공도 실패도
타인과 똑같이

내가 맛본 실패 따위

다른 사람도 얼마든지 겪었고,

나의 성공 같은 거

다른 사람도 얼마든지 거뒀다.

실패할 때가 있는가 하면 성공할 때도 있다.

어느 쪽이든 어차피 나도, 다른 사람도 똑같으니

성공했다면 솔직하게 기뻐하고,

실패하더라도 너무 의기소침해하지는 말 것.

영혼을 느껴보는 경험

긴 인생에서 누구나 한 번쯤은 마음의 병을 앓는다.
요즘 젊은 사람들과 이야기를 나눠보면
자신에게 그런 경향이 있다고 말하는 사람들이 많다.
나 역시 나이를 꽤 먹은 후에도 그런 적이 있었지만,
그때마다 이렇게 생각했다.

'내 영혼을 잃어버릴 것만 같아. 하지만 어쩌면,
이 마음이야말로 영혼이 있다는 증거겠지.'

지금은 그때의 경험이 긴 인생에서
필요한 부분이었다고 생각할 수 있게 되었다.

죽을 때까지

도대체 언제까지 노력해야만 하는 걸까?

벌써 지친다고 느끼며 살아가는 사람이 많은 것 같은데,

답은 '죽을 때까지'다.

죽을 때까지 끝없이 노력해야 한다.

그러니 앞으로 계속 살아가려면 속도 조절이 필요하다.

손을 놓을 때와 쉬어갈 때를 맞추지 못하면,

죽을 때까지 노력할 수 없다.

무리해서 애쓰지 말아요

늘 혼자 있다가 심적으로 약해졌다는 친구에게
"뭐 좋은 라이브 공연 없을까?" 하고 연락이 왔다.
나는 나와 함께 외출하고 싶다는 말이라고 생각해
레스토랑과 공연을 예약했다.
그러고 나서 한동안 연락이 없기에
"무리하지 않아도 돼, 괜찮아지면 함께 가자"
하고 말을 건넸더니,
"갈 수 있을 것 같아. 노력해볼게" 하고 답이 왔다.

정말로 무리일 때는 약속을 지키지 않아도 된다.
조금이라도 해볼 수 있을 것 같을 때
조금씩 노력하는 것만으로도 회복에 가까워질 테니까.
만약 무리하고 있다면 억지로 노력하고 있다면
애쓰지 말고 마음 편하게 먹길.

당신은
가능성이 있는 사람

삶의 막다른 골목에 다다랐을 때는
내 삶이 잘 흘러가고 있는지 확신이 서지 않는다.
나이와는 관계없다.
지금은 정체되어 있는 것 같아도
나 자신을 믿고 나아가겠다는 마음을 품으면,
언젠가는 걷고 있는 길의 끝에 닿는다.
자, 오늘도 나의 가능성을 믿고 살아본다.

내가 가진 패

인생이 막힐 때는 뭐든 한꺼번에 막혀버린다.

그러니 평소 가지고 있는 패들을

분산시켜 두는 편이 낫다.

인간관계의 패   일의 패   취미의 패

노력하면 어떻게든 되는 일의 패

이런 식으로 말이다.

어떤 패는 쓸 수 없어도

다른 패는 낼 수 있는 상태로 만들어놓아야

인생이란 게임이 한순간에 종료되지 않는다.

나 자신을
모욕하지 않는다

스스로를 모욕하지 말 것.

당신의 허락 없이

누구도 당신을 마음대로 모욕할 수 없다.

나 자신이라도, 어떤 사람이라도,

결코, 나를 모욕할 수는 없다는 다짐을

마음에 새기는 아침이다.

비뚤어지지 않는다

자신 말고 다른 이들과 어울려도 된다고 말하는 사람은
사실 질투심이 아주 많았고,
돈 안 줘도 좋으니 일하게만 해달라고 말하는 사람은
툭 하면 나오지 않았다.
"나랑만 놀러 가자."
"월급만큼 열심히 일하겠습니다."
이렇게 말하는 게 맞았다.

비뚤어진 질문에는
비뚤어진 답만 나오기 마련이고,
비뚤어진 행동에는
언제나 비뚤어진 결과가 기다리고 있다.

누구의 탓도 아니라면

어떤 문제가 생겼을 때
내 탓, 남 탓 둘 중에서 양자택일할 게 아니라
누구의 탓도 아니라는 세 번째 선택지를 만들어
능숙하게 내려놓는다.
조금이라도 인생을 유연하게 사는 비결이다.

너무 서두르지 말고,
너무 늘어지지 말고

액셀, 브레이크, 차간거리.
주위를 둘러보고 내가 어디를 달리고 있는지
상황을 파악한다.
너무 서두르지도 말고, 너무 느려지지도 말고.
자동차 운전에 관한 이야기 같지만
사실 사람의 마음에 관한 이야기다.

나의 롤 모델

나는 자신의 속도에 맞춰 나아가는 것이야말로
삶의 질과 일의 질 모두를
향상시키는 방법이라고 생각한다.
하지만 때로 내가 목표로 하는 사람과 존경하는 사람이
내 나이였을 때 무엇을 하고 있었는지
무엇을 이루고 있었는지 찾아보는 것도
아주 좋은 자극이자 참고가 된다.

나로 산다는 것

내가 나로 살아가는 데
누구의 허락도 필요 없다.

최고의 복수

가끔 사람을 싫어하거나 비난하는 일을
자신에게 주어진 특권이라고 믿는 사람들이 있다.
당신에게 미움을 받든 비난을 당하든
자기 쪽은 아프지도 괴로워하지도 않는다.

당신을 싫어하는 감정을 들이대며
무책임하게 부딪쳐오는 그들의 마음에
굳이 책임감을 갖고 일일이 반응할 필요는 없다.

어차피 남을 싫어하고, 비난하고, 배신하는 사람은
상대에게 상처를 주는 것이 목적일 뿐이니
당신이 그 때문에 마음을 깊이 다친다면,
그거야말로 그들이 바라는 바.

당신에게 피해를 준 사람이 억울해할 만큼
경쾌하고 충실하게 자신의 길을 걸어가는 것만이
바로 최고의 복수다.

사랑받고 자란 사람

타인을 괴롭히는 사람은
'잘못 배운 사람'이라는 표식 같은 것이다.
나는 '잘 배웠나 못 배웠나'의 기준은
가정교육이 엄격했다든가
학력이나 직업이 어떻다든가 하는 게 아니라
결국엔 '부모와 주변 사람들에게
얼마나 사랑받고 자랐는가'로
정의되지 않을까 생각한다.

보통 사람의 위대함

과거에 자신이 얼마나 몹쓸 놈이었는지
자랑하는 사람을 보면 너무 화가 난다.
"지금은 새사람으로 살고 있습니다."
이렇게 말한들 몸과 마음에
상처를 입은 피해자가 있다는 건 사실이니까.
피해자의 삶을 완전히 바꿔버렸을지도 모를 일이다.
그러니 과거의 자신이 얼마나 몹쓸 놈이었는지
자랑하는 사람에게 가까이 가지 마라. 내 경험이 그렇다.

사실 제일 대단한 건 따로 있다.
어떤 상황에서도 부드럽고 성실한 사람.
계속 보통 사람으로 존재하는 위대함이 그것이다.
진심으로 옛날의 자신을 부끄러워한다면
몹쓸 짓 자랑 같은 건 할 수도 없다.

매력

'인간적으로 매력이 없는 사람'이란

'인간적으로 매력적이고 싶다는 마음을 포기한 사람'·

차라리 라이벌이 돼라

젊은 사람이 상담을 청하며
"○○를 증오합니다"라고 말한다.
증오한다는 것은 상대에게 이미 졌다는 뜻이다.
"그 사람을 이길 수 있을지 없을지는
당신이 어떻게 하느냐에 달린 문제니
안 될 것 같으면 라이벌이라도 되게" 하고 답했다.
평온한 인생도 중요하지만
라이벌 없는 인생 같은 건 애초에 존재하지 않거든.

내 마음대로 하는 시간

여든두 살을 먹으면서도
나답게 마음에서부터 우러나와 즐거웠던 시간은
의외로 적었던 것 같다.
기분이 내키면 그 기분에 나를 완전히 맡기면 되고,
바보 같은 짓을 할 수 있을 때는
마음껏 바보 같은 짓을 하면 된다.
아무런 걱정 없이 내 마음대로 할 수 있는 시간은
그렇지 않을 때의 나에게 위로가 될 테니까.

마음에 구멍을 내고
탁한 물을 빼낸다

마음이 안정될 때는

내면에 깨끗한 물이

졸

졸

흐르는

듯하다.

마음이 안정되어 있지 않을 때는

물이 정체된 채 고여 있는 느낌이 든다.

그럴 때는 어디든 한 군데라도 구멍을 내어

탁한

물을

빼내고

깨끗한 새 물을 흘려보내는 상상을 하는데,

기분이 맑아진다.

깔끔하게 사는 삶

깔끔하게 사는 건 아주 편하고
어수선하게 사는 건 아주 힘들다.
반대로 생각하는 사람이 많은데,
어수선하게 사는 건 꽤 힘든 일이다.
어수선한 생활, 어수선한 관계, 어수선한 일.
정신적으로도 육체적으로도 아주 피로하다.
깔끔하게 사는 게 제일 속 편하다.

일류와 이류

예컨대 문학이 일류고, 만화가 이류인 게 아니다.

문학 안에 일류와 이류가 있고

만화 안에 일류와 이류가 있다.

사람도 그렇다.

누구는 일류인데 나는 이류, 라는 건 없다.

누군가의 안에, 그리고 내 안에,

일류인 부분과 이류인 부분이 다 있는 것이다.

잊어도 괜찮다

오늘 일어난 별것 아닌 일을
5년 후, 10년 후에도 기억하고 있을까?
어차피 잊어버릴 일이라면 오늘 잊어도 괜찮겠지.

부끄러움에
집착하지 않는다

살다 보면 창피를 당할 때가 있다.

꽤 많다.

하지만 창피를 무릅쓰겠다고

각오한 사람은 강하다.

창피를 무릅쓰고 나서

그 일에 더 이상 집착하지 않겠다고

결심한 사람은 더 강하다.

힘든 일은
이미 '일어난 사건'일 뿐

나는 즐거운 일은 그 순간의 감정들과 함께
기억으로 남기려 한다.
대신 힘든 일은 이미 '일어난 사건'으로만
거리를 두고 보겠다고 정했다.
힘들었던 일의 감정까지 쌓여가다 보면
인생은 즐거울 수가 없다.
인생이 즐겁지 않으면 사람을 증오하기 시작한다.
나는 그렇게 살고 싶지 않다.

너무 많이 생각하지 않는다

살면서 '생각하는 것'은 필요하지만
'너무 많이 생각하는 것'은 자제해야 한다.
너무 많이 생각하는 사람은
부정적인 사고에 빠지기 쉽다.
일단은 긍정적인 답이 떠올랐을 때
생각하기를 잠시 멈춰보라.
많은 생각이 늘 도움이 되지는 않는다.

변해야 할 때

어린 시절의 나는 지금의 나를 용서해줄까?
스무 살 때의 나는, 서른 살 때의 나는
과연 지금의 나를 용서해줄까?
과거의 내가 지금의 나를
용서해주지 않을 것이라고 느낀다면
지금이 바로 변해야 할 때다.

진작
그만둬야 했던 것들

변명하는 인생은 진작 그만뒀다.
후회하는 인생도 진작 그만뒀다.
이 두 가지를 그만두니
인생이 제법 홀가분해졌다.
변명과 후회로 현재와 미래가
좋은 방향으로 바뀌지 않는다.
오늘은 홀가분하게 살고 싶다.

두려워하지 않는다

'이러려던 게 아닌데.'
인생은 이 생각의 연속이다.

아무리 조심하며 살아도
나 자신을 잃어버리는 일도 있고,

생각지 못한 사고에
휘말리는 일도 있다.

'이러려던 게 아닌데'는
내가 생각하는 것보다
훨씬 많이 일어난다.

하지만 회복할 기회도
내가 행동하기에 따라
얼마든지 생긴다.

삶을 두려워할 필요는 없다.

시작점과 도착점

원하던 학교에 입학한다고 끝나는 게 아니고,
좋은 회사에 입사한다고 끝나는 게 아니고,
결혼한다고 끝나는 게 아니다.
그 지점들을 지나야 보이는 또 다른 시작점이 있을 뿐.
단, 도착점은 오직 죽음뿐이다.

나이보다 중요한 것

나이에 속박당하지 말 것.
몇 살이든 상관하지 말 것.
'나이는 숫자에 불과하다'라고 외친다.
몇 살이든 지금이 행복하다면 그걸로 좋다.
몇 살이든 자신감을 잃지 않는 것이 더 중요하다.
다시금 깨닫는 여든둘의 요즘.

노후

인터넷에서 본 말이다.

"노후를 위한답시고 뭐든 참기만 하는 인생은
이미 노후를 보내고 있는 것과 마찬가지다."

정말로 그렇다.

과연 명언이다.

나이를
두려워하지 않는다

좋은 일은 인생의 후반에도
빠짐없이 준비되어 있다.
즐거운 일은 젊은 시절에만 있는 게 아니다.
그걸 착각하고 나이 들어가는 일을
두려워하는 사람들이 많지만
걱정 마시라, 괜찮다.

답답한 문제를
없애는 법

'여유를 가질 것.'

인생을 살아가는 데 가장 중요한 요령이다.

여유가 없으면 늘 쫓기며 살다가

문제만 심각해질 뿐 평온하게 지낼 수 없다.

세상 문제의 절반은

여유가 없는 마음에서 비롯된다.

자, 오늘도 여유 있는 마음으로 시작한다.

6

일에 대한 확신이 서지 않을 때 필요한 것들

어둠 속에서
검은 고양이 찾기

삶의 목적 같은 걸 생각하고 있는 동안에도
인생의 시간은 흘러가고,
늙는 것이 무섭다고 두려워하는 동안에도
늙음과 가까워지고 있다.
시커먼 어둠 속에서 검은 고양이를 찾는 것과
다를 바 없는 그런 시간은 그 자체로 아깝다.
두려워하지 말고 행동하라.

기회는 계속 존재한다

살다 보면 여러 가지를 잃어버리기 마련이다.
사람과 물건, 시간과 마음, 그리고 기억까지.
하지만 쓸데없이 걱정할 필요가 없다.
잃어버린 것보다 더 좋은 걸 다시 가지면 그뿐.
세계는 계속 존재하고, 기회도 계속 존재한다.

각오

'각오를 다지는 것.'

그러려면 사실을 사실로서

있는 그대로 받아들여야 한다.

이미 일어난 일을 바꿀 수는 없지만,

있는 그대로를 받아들이고

각오를 통해 앞으로 나아가는 것은 가능하다.

그냥 해버린다

'나는 왜 하지 않았던 걸까'라며
자기 자신을 부정하고, 변명하고,
시간을 들여 상대방을 설득하는 것보다는
눈 딱 감고 그냥 해치우는 편이
몸도 마음도 편하다.
그냥 해버리자.

고생과 노력의 차이

혹시 당신은 '고생'과 '노력'을 혼동하고 있지는 않은지.
내가 성장하고 있다면 '노력'이고
소모되고 있다면 '고생'이다.
세상의 교활한 사람은 '고생'을 '노력'이라는 말로 바꿔
당신의 몸과 마음 모두를 소비하려 하니 조심하시길.

스승보다 앞선 곳으로

내가 존경하고 영향을 받은 사람이 있더라도
그 사람을 목표로 해서는 안 된다.
그 사람이 무엇을 목표로 하고 있으며,
무엇에 영향을 받아왔는지,
무엇을 보고 있었는지를 알아보라.
그렇지 않으면 그 사람을 넘어설 수 없다.
'스승보다 앞선 곳을 목표로 하라'는 얘기다.

나만의 지도

타인이 나에게 기대하는 길과
내가 가고 싶은 길이 있다면
거침없이 나의 길을 선택할 것.
길을 잃었더라도
나만의 지도를 따라 걷다 보면
앞으로 나갈 수 있다.

놓아버린다

꾹꾹 눌러 담아둔 인생의 쓸모없는 것들을
놓아버릴 때 중요한 기준이 있다.
'두 번 다시 손에 넣지 못할 것을 가려내라.'
노력해서 다시 얻을 수 있는 것이라면
집착하지 말고 놓아버린다.
그렇게 결정하면 불필요한 부분이 떨어져나가
단순해지고 쓸데없는 고민을 품지 않게 된다.

생활의 리듬

어떻게 해도 의욕이 나지 않을 때
무리해서 공부하거나 일을 해봐야
양적으로나 질적으로나 좋지 않다.
그럴 때는 그냥 실컷 쉰다.
충분히 쉬고 나면 충분한 의욕이 생긴다.
일할 때와 쉴 때의 리듬을 잡아야
삶의 효율은 훨씬 올라간다.

일부러 기계가 된다

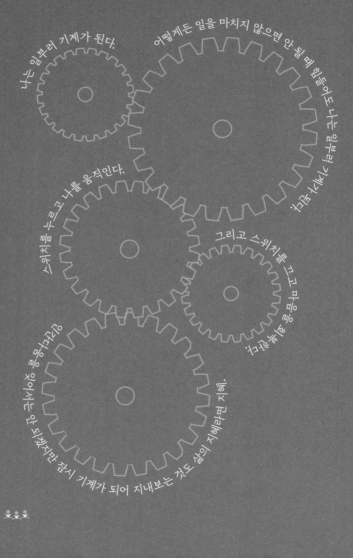

나는 일부러 기계가 된다.

어떻게든 일을 마치지 않으면 안 될 때 힘들어도 나는 마음을 딴 데로 돌려버린다.

스위치를 누르고 나를 움직인다.

그리고 스위치를 끄고 마음을 본래대로 돌려놓는다.

무리하지 않으면 안 되는 곳까지 왔다고 잠시 기계가 되어 지내보는 것도 삶의 지혜라면 지혜.

아침에 따라 하면
좋은 습관

아침에는 싫은 일을 생각하지 않는다.

나의 오랜 습관이다.

한숨 쉬며 하루를 시작하는데 그날이 즐거울 리가 없다.

아무리 힘든 일이 기다리는 하루라도

아침 정도는 편안하게 보내라.

머리와 마음의 균형

머리로만 생각하지 말고 몸도 움직인다.

몸만 움직이지 말고 생각하면서 움직인다.

머리와 몸의 균형이 무너지면 마음의 균형도 무너진다.

머리와 마음의 균형을 생각하며

오늘도 좋은 하루 보내길.

당연한 일을 소중히

한 걸음도 떼지 못할 정도로 힘들 때

나를 응원해주는 것은 '당연한' 일들이다.

당연하게 먹는 일, 당연하게 자는 일, 당연하게 웃는 일.

그게 안 되니까 더 지치는 거다.

어떻게든 당연한 일을 계속하면서

시간이 지나가는 것을 기다리자.

'당연한 일'의 위로는 그 무엇보다도 강하다.

아주 사소한 습관

너저분하게 사는 것이 습관이 되면
생활이 점점 피폐해진다.
아주 사소한 습관이라도 지키도록 노력한다.
'텔레비전을 계속 켜놓지 않는다.'
'지저분한 것은 그때그때 치운다.'
이렇게 단순하고 일상적인 일부터
중간중간 정리하는 습관을 들여놓으면,
삶의 질서가 차츰 잡히기 시작한다.

담담하게 살아간다

'어떻게 살아야 할지 모르겠어요.'
나는 이런 메시지를 많이 받는다.
그럴 때는 담담하게 일상을 소화하며
살아가는 방법밖에 없다고 답한다.
삶의 보람이라든가, 삶의 목적이라든가,
거창한 생각은 일부러라도 잠시 멈추고
밥 먹기, 목욕하기, 잠자기, 청소하기처럼
단순한 일과에 따라 기계처럼 몸을 움직인다.
그러면 신기하게도 마음이 평온해진다.

확실하게 한다

마음이 초조해져서 이것저것 손대기보다는
무언가 하나를 정해 차분히 집중해야
일의 효율이 높아진다.
여기에 시간까지 절약하고 싶다면
어떤 일을 하더라도 확실하게 끝맺는다.

자존심만은 회복하라

자존심을 잃어버렸다면 어떻게든 회복해야 한다.
잃어버린 것이 돈과 물건이라면 어떻게든 되겠지만,
자존심만은 다르다.
'아, 됐어' 하고 생각하는 순간 그걸로 끝이다.
살아 있는 내내 실패하는 습관에 길들여진다.

자존심을 회복하는 방법

잃어버린 자존심을 회복하는 방법으로
무엇이 있냐는 질문을 받았는데
우선 나를 부정하지 말고 타인과 비교도 하지 않는다.
'나는 이렇게 살 수밖에 없다'라며 당당하게 어깨를 편다.
'이런 인간인데, 어쩌라고?' 하며
뻔뻔해지는 것도 방법이다.
어쨌든 모두 나 자신을 긍정하는 것이 첫걸음이다.

'온갖 정보에서 멀어지는 것'도 좋다.
필요에 따라 엄선된, 최소한의 정보만 접한다.
미디어는 위로는 성공한 사람, 아래로는 비참한 사람을
극대화해서 화젯거리만 다룰 뿐이다.
그러니 '정보의 폭음'을 그만두는 것도
자존심을 회복하는 효율적인 방법 중 하나다.

호·호·호

견디기 힘든 순간을
과거의 일로 만드는 법

싫어하는 일이 생겼을 때

간단하지만 효과적인 기분 전환의 기술이 있다.

우선 '짝!' 하고 크게 박수를 친다.

그 순간 '짝!' 하고 울린 시간은 이미 과거의 것이다.

그리고 '후~' 하고 크게 심호흡을 한다.

'후~' 하고 내뱉는 숨은 이미 과거의 것이다.

'자, 이제 과거는 끝났고 새로운 시간이다' 하고

기분을 만끽한다.

자, 지금 한번 시험해보길.

근성론은
흘려듣는다

혹여 당신 주변의 연장자가
"나도 했으니까 너도 할 수 있어"라고 말했다면
한 귀로 흘려들어도 좋다.
의미도 근거도 없는, 단순한 근성론이니까.

재능과 근성

나는 근성론을 싫어한다.

재능은 근성으로 자라지 않는다.

재능을 자라게 하는 것은 열정이다.

근성과 열정을 착각하지 않고

조금이라도 한 걸음씩 앞으로 나아가야 한다.

노력과 동경의 차이

'노력'과 '동경'의 차이를 생각할 때가 있다.
어쩌면 타인을 질투하는 사람은
그 사람에게 가까워지려고 노력하는 사람이고,
노력하지 않는 사람은
단순히 동경으로 끝나는 건 아닐까 하고.
질투하는 사람의 노력은
스스로 나아가기 위한 힘이 되지만
노력하지 않는 사람의 질투는
일그러진 '집착'일 뿐이다.

꿈은 단계별로

너무 높은 꿈과 목표를 세우고

그 높이에 못 미친 나머지

옴짝달싹 못 하게 되어버린 사람들을 자주 보았다.

손이 닿을 만한 곳에 꿈과 목표를 설정하고

그것을 소화할 수 있게 되었을 때,

다음 단계로 향하는 꿈을 새로 꾸어야 한다.

그것이 결국엔 가장 높은 꿈에 손을 닿게 한다.

꿈은 단계별로 이뤄내는 것이다.

중간은 건너뛰고

내가 어떤 사람으로부터 배운
중요한 인생 철학이 하나 있다.
중간 과정을 건너뛰고 생각한다는 것.
'더러운 방은 싫으니까 청소한다.'
'맛있는 게 먹고 싶으니까 요리한다.'
'좋아하니까 함께 시간을 보낸다.'
중간 과정에 멈칫해서 따지지 말고
'원인과 결과'만 단순하게 바라보고 바로 행동할 것.
사실 나의 가족이 나에게 한 말이다.

인생의 정답을
알고 있는 것처럼

과거에 내가 던진 질문의 답이
곧 '지금의 나'이기에,
나이가 들면 젊은 시절 저지른
실수의 정오표를 볼 수 있다.
그러나 인생을 다시 한 번 산다고 해도
같은 실수를 저지르는 것이 인간이 아닐까.
그러니 인생을 두 번 살고 있는 것처럼
마음 먹고 편하게 살고 보라.
마치 인생의 정답을 알고 있는 것처럼 말이다.

사랑한다는 것

누군가를 사랑한 경험이
손해가 되는 일은 없다.
잃어버리는 것들이 생길 수는 있어도
사랑은 반드시 자신을 성장시킨다.

스스로
취사선택한다

'이걸로 됐어' 가 아니라 '이게 좋아.'

'당신 정도면 됐어' 가 아니라 '당신이 좋아.'

'내일은 괜찮아' 가 아니라 '오늘이 좋아.'

타협이 아니라 스스로 선택한다.

오늘도 그런 하루이기를.

오늘도 괜찮아

아침에 일어났을 때
어쩐지 행복한 기분으로 눈을 떴다면
그것만으로 충분히 행복하다.
하지만 왠지 모르게 무거운 기분으로 눈을 떴다면
특효약은 스스로를 믿고 외치는 것뿐이다.
"괜찮아, 괜찮아. 나는 오늘도 노력할 수 있어" 하고.
지난날도, 그날도, 어제도, 지금도
극복해왔으니 오늘도 괜찮을 거다.

지나치게는 금물

좋아하는 사람이 있다고 해도
지나치게 의지하는 건 금물.
부모나 자식에게 기대는 건 좋지만
지나치게 의존하는 건 금물.
일은 중요하지만
일에서만 보람을 찾는 건 금물.
어떤 일에서도 '지나친' 건 금물.
적당적당보다 '아주 살짝' 많은 정도가
오랫동안 열정을 유지할 수 있게 하니.

매달리지 않고
잊어버린다

'잊어버리는 것'은 인생의 중요한 지혜 중 하나다.
싫은 일은 잊어버리고 즐거웠던 일은 잊지 않는다.
싫어하는 타인과 싫어하는 사물에 대한 집착만큼
보기 괴로운 것도 없다.

신경 쓰지 않는다

타인의 속셈, 타인의 눈을 너무 신경 쓰면
판단력도 행동력도 약해진다.

기억이 좋은 추억으로
숙성되기까지

좋은 일이나 대화,
그리고 만남에는
해마다 숙성되고
맛있어지는 술과 같은
깊은 즐거움이 있다.

나쁜 일이나 대화,
그리고 만남은
지속할수록
마시지 못할 만큼
맛없는 술과 같다.

잘 숙성되지
못한 기억은
단호하게
잘라낸다.

오늘도 좋은 술로
숙성될 만한
하루를 보내도록.

막다른 골목에서 빠져나가는
두 가지 방법

인생이 막다른 곳에 몰려 있다면 타개책은 두 가지.

'기다리는 사람'이 될 것인가

'행동하는 사람'이 될 것인가.

기다리는 사람이 된다는 것은

힘든 외출은 피하고 좋아하는 것에 푹 빠져들어

의욕이 올라오기만을 기다린다는 것.

행동하는 사람이 된다는 것은

세계를 바꾸기 위해

구체적으로 계획하고 실행한다는 것.

우선은 지금의 나에게 어느 쪽이 맞는지

인식하는 일이 더 중요하다.

7

가장 작은 것에서
행복을 발견하는 법

기분 좋은 일

할수록 기분이 좋아지는 일은 더 즐겨도 된다.

친구와 솔직한 이야기를 나누는 것도 좋고

하루 정도 학교를 쉬거나 좋아하는 책을 읽고,

칼로리를 신경 쓰지 않고 맛있는 음식을 먹어도 된다.

울적하고 어두운 기분을 홀로 끌어안고 있지만 말 것.

하루 한 번은
우아한 시간을 갖기

아무리 평범하고 지루한 날이라도

하루 한 번은 우아한 시간을 갖기로 정한다.

맛있는 카페에서 커피 한 잔을 마셔도 좋고,

좋아하는 곳을 산책해봐도 좋고

영화를 한 편 보는 것도 좋다.

'무엇을 위해 사나'라든가

'삶의 목적은 무엇인가'라는 등

거창한 것들을 생각하지 말고

하루에 뭐든 좋아하는 일을 하며 우아한 시간을 갖는다.

그것만으로도 충만한 날이 된다.

생각해도 답이
나오지 않는다면

아무리 생각해도 답이 나오지 않는
문제에는 얽매이지 않는다.
'어차피 죽을 텐데 왜 살아야 해?'
이런 추상적인 질문이 머릿속에 떠오른다는 건
지금 당신의 일상이 잘 굴러가지 않고
마음이 약해져 있다는 뜻이다.
우리는 즐거워하고 괴로워하고
아등바등 살아가며, 또 동시에 죽어가고 있다.
지금까지도, 앞으로도.

'어차피 죽을 텐데 왜 살아야 해?'
아무리 생각해도 이 질문에 답이 나오지 않으면
일단, 당신의 하루를 충실하게 살아간다.

당연한 듯 별것 아닌 일과들을
담담하게 소화해나간다.
그러다 보면 그런 문제가
머릿속에 떠오를 틈이 없을 정도로
인생의 즐거움을 발견하게 될 것이다.

행복도 적당히

결벽증이 있는 사람은 늘 더러운 것을 신경 쓰다 보니
보통 사람보다 더러운 것에 대해 자주 생각한다.
완벽주의자인 사람도 그렇다.
완벽한 사람은 있을 수 없기에
완벽을 목표로 하다 보면 언제나 욕구불만이 된다.
행복해지고 싶은 사람도 그렇지 않을까.
행복을 너무 추구한 나머지
가까운 곳에 있는 사소한 행복을 알아차리지 못한다.
무슨 일이든 적당히 하는 게 좋다.

삶을 조율하는 능력

'매일매일의 일상에서 행복을 이끌어내는 능력.'

이건 아주 중요한 능력이다.

'매일매일의 생활에서 불만만 찾아내는 능력.'

이게 뛰어난 사람이 되면 안 된다.

삶이 지루해지면 타인을 낮춰보기 시작한다.

타인을 낮춰보기 시작하면

이미 스스로 손을 쓰기에 늦어버린다.

불행의 시작

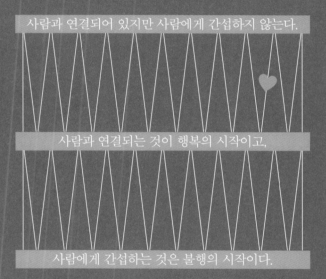

사람과 연결되어 있지만 사람에게 간섭하지 않는다.

사람과 연결되는 것이 행복의 시작이고,

사람에게 간섭하는 것은 불행의 시작이다.

행복한 연극

아무리 행복한 것처럼 보여도
아무리 성공한 듯 보여도
살면서 문제를 안고 있지 않은 사람은 없다.
반드시 내면에 숨은 문제를 간직한 채 살아가고 있다.
행복한 연극을 잘하는 사람과 못하는 사람이 있을 뿐.
나에게도 여러 문제가 있지만
연극이라도 좋으니 행복하게 지내고 싶다만.

만족스러운 선택

결론적으로 어느 쪽이 만족스러운지는
지금 알 수 없다.
현시점에서 만족스러운 쪽을 선택하면 된다는 뜻이다.
스스로 더 자유롭게 살아가도 된다는 것을
사람들은 몇 번이고 잊어버린다.

무언가 하나를
아름답게 만든다

생활을 아름답게 하는 것은 의외로 간단한 일이다.
무언가 하나를 아름답게 만들면
그것에 이끌려 주변이 아름다워진다.
오늘은 비누 받침대를 닦자.
그럼 자연스레 세면대 주위도
깨끗하게 정리하고 싶어진다.
정돈된 생활이란 그런 작은 것들이
쌓여가며 만들어지는 것이다.

진정한 멋

고운 말.

바른 자세.

환한 미소.

청결함.

진정한 멋은

돈이 들지 않는다.

친구

그룹이나 팀을 만들라고 말하지 않겠다.

다만 곁에 둘 친구를 만든다.

가능하면 내게 없는 재능을 가진 친구들로 말이다.

그것만으로 인생은 한결 가벼워진다.

둘이면 된다

친구를 딱 둘만 고르라고 한다면
나를 성장으로 이끌어주는 사람과
나를 편안하게 해주는 사람,
이 둘이면 충분하다.
친구를 늘리는 것은 그 두 사람을 얻은 다음의 일.
중요한 건 나도 두 친구에게 성장과 편안함을 줄 수 있는
사람이기를 기도하는 것이다.

나와 다른 것을
바라보는 사람

반려자나 연인이란 같은 길을 걸으면서도
나와 다른 것을 바라보는 사람일수록 좋다.
내가 하늘을 보고 있을 때
땅에 핀 꽃을 가르쳐주는 사람일수록 좋다.
같은 길을 걸으면서도
나와는 다른 것을 발견해주는 사람일수록 좋다.
그 사람이 곁에 있는 덕분에
나는 인생에서 더 많은 눈을 가질 수 있게 된다.

연애와 결혼의 조건

연애와 결혼의 조건으로
연봉과 용모, 학력을 보게 되는 것은 어쩔 수 없다.
그렇지만 맛있는 것을 먹으면
그 사람에게도 사다주고 싶다든가,
아름다운 풍경을 보면
그 사람에게도 보여주고 싶다든가,
서로의 상처를 마주하며
다정한 말을 주고받는 것이 가능할 것 같다든가,
이런 생각에서 비롯된 조건이
나를 훨씬 행복하게 만들었다

돈 때문에
일에 묶이지 않는다

일하며 돈을 버는 것은

자유를 손에 넣는 방법이라고 생각한다.

돈 때문에 일에 묶였다고 생각하는 게 아니라

자유를 얻기 위해 일을 한다고 생각하면,

일하는 괴로움이 줄어든다.

일 자체를 좋아한다면 그보다 좋은 일은 없겠지만

돈을 벌면 인생의 선택지가 늘어난다는 건

부정할 수 없는 사실이다.

쓸모없음의 쓸모

옛날에는 그렇게 좋아했던 것들인데

지금은 별 느낌이 들지 않거나

흥미를 잃은 경우가 있다.

그것에 쏟은 시간과 돈을 생각하면 참 기가 막히지만,

실은 내가 다음 단계로 올라섰다며 기뻐해야 할 일이다.

'쓸모없음'이 인생을 풍요롭게 하기도 하니,

모순적이지만 기꺼이 즐거워해도 좋다

바라는 일이
일어나려면

생각하면 끌려온다.

오지 않았으면 하는 건 생각하지 않는다.

오늘도 찾아왔으면 하는 일을 생각하는

하루를 보내려고 한다.

햇볕과 그늘

내 안에 볕과 그늘이 있다.

누구에게나 양쪽 다 있다.

볕이 드는 곳에 내내 있고 싶은데

그늘은 고사하고 어둠 속에 있을 때도 있다.

그럴수록 마음이 술렁이지만 걱정할 필요 없다.

마음먹기에 따라

햇살이 흠뻑 드는 장소로 갈 수 있으니.

당연하다. 모두 내 안에 있으니까.

오늘은 그늘이라도, 내일은 햇볕 아래 선다.

좋은 점만으로도 벅차다

'신경 쓰지 않을 능력'을 익혀야 한다.
타인과 세상이 늘 무언가를 말하더라도
하나하나에 신경 쓰지 않는다.
신경 쓰더라도 방법이 없는 일에
의기소침해지지 않겠다는 각오를 단단히 다진다.
나는 나다. 좋은 구석도 많다.
신경 쓸 건 좋은 점만으로도 벅차다.
'신경 쓰지 않는다, 신경 쓰지 않는다.'

그렇게까지 세상이
돌아가지 않아도 된다

생각난 김에 말해볼까.

편의점이 24시간 열려 있지 않아도 괜찮다.

인터넷으로 밤에 주문한 물건이

다음 날까지 오지 않아도 괜찮다.

여행 가는 길이 최단경로가 아니어도 상관없다.

누군가 밤에 푹 자고 아침에 개운하게 일어나는 것을

희생하면서까지 세상이 돌아가지 않아도 괜찮다.

잠들기 전 한마디

나는 잠으로 기분을
리셋시킨다. 낮 동안 좋
지 않은 일이 있으면 한숨
자버린다. 그럼 기분이 조금 풀
어진다. 좋은 수면과 좋은 기상의
비결은 '자기 전에 기분 나쁜 일을 생각
하지 않는 것.' 잠이라는 인생 최고의 즐거
움에 싫어하는 일을 끌고 들어오면 안 된다.
푹 주무시길. 내일 또 만납시다.

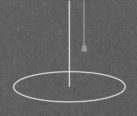